游人歌

漓江行吟诗选

YOUREN GE LIJIANG XINGYIN SHIXUAN

邹进 主编

广西师范大学出版社
GUANGXI NORMAL UNIVERSITY PRESS
·桂林·

图书在版编目（CIP）数据

游人歌：漓江行吟诗选 / 邹进主编. —桂林：广西师范大学出版社，2015.5
ISBN 978-7-5495-6584-9

Ⅰ. ①游… Ⅱ. ①邹… Ⅲ. ①诗集－中国－当代 Ⅳ. ①I227

中国版本图书馆 CIP 数据核字（2015）第 081597 号

广西师范大学出版社出版发行
（广西桂林市中华路 22 号　邮政编码：541001
网址：http://www.bbtpress.com）
出版人：何林夏
全国新华书店经销
广西大华印刷有限公司印刷
（广西南宁市高新区科园大道 62 号　邮政编码：530007）
开本：889 mm × 1 194 mm　1/32
印张：4　　　字数：80 千字
2015 年 5 月第 1 版　　2015 年 5 月第 1 次印刷
印数：0 001~2 000 册　　定价：36. 00 元

编者说

3月中旬到桂林筹备5月份的全国馆配会，在那里幸会广西师范大学出版社总裁助理张民。他知道我是写诗的，就给我约了一帮桂林写诗的哥儿们，巡酒之后就有了这本诗集的动议。

要编一本什么样的诗集呢？话题从诗的传播说起来。古体诗多为律诗、绝句，宋词、元曲也有固定的格式，因而易于背诵。新诗形式上是自由的，格律几无，长短皆可，新诗不易于背，但未必不可以诵。好的诗篇可以作为保留篇目，供聚会和演出时使用。比如北岛、舒婷、海子、张枣的诗，已经成为现代经典。对于表演，新诗比古体诗更有优势，古诗句式过短，有时用词艰涩，有时用典生僻，不便于接受。所以诗不能一次性消费，诗更需要反复地吟读和朗诵，反复诵读，方知其味。就像母亲给孩子讲童话故事一样，孩子为什么愿意反复听一个故事呢？人的生理器官尽管复杂，心理则无比简单，只需要一个简单的情节构筑的善恶世界和反复吟诵形成的旋律。诗可以再读，读者也是愿意再听的。

于是这本诗集就取名“漓江行吟诗选”。说到江与河，就会联想到放逐、漂泊、流浪，醉翁之意不在酒，在乎山水之间也；就能想到屈原至江滨，披发行吟泽畔，颜色憔悴，形容枯槁的形象。李白本来游山玩水挺好，安史之乱时，怂恿叛王李璘割据称帝，被判流放夜郎之地，后遇赦得还，顺江而下，写了著名的《早发白帝城》。人们宁愿相信他是在江上宴饮，醉酒后跳入水中捉月而溺亡，这是诗人最具想象力的结局。同样杜甫也是死在由长沙往岳阳的一条小船上。屈原的放逐，李白的浪游，杜甫的穷漂，总之都离不开水。

他们都是伟大的行吟诗人。但在中国，诗人很少冠以“行吟”，而多为“坐咏”。好像行吟者，都是说大鼓词一类的流浪艺人；或是像元朝，人分十等，“九儒十丐”，边行走边吟唱的诗人，看上去跟行乞没有什么不同。行吟诗人产生于欧洲的中世纪，他们可能高贵而富有，也可能低贱而穷苦，但他们都是一些绅士。他们背着行囊，被邀请到爵爷的城堡里，这时，妇女放下手中的活计，勇士放下手里的武器，在花园中或是沙龙里听他弹唱。等他的诗歌演完，人们惆怅地散去，或许他得到某位女主人的芳心，生出一段浪漫故事来。人类最早的文学形式是诗歌，而最早的诗歌是以口头形式流传的，吟诵是最好的表达方式，也是最有效的记忆方式。《诗经》中“国风”的作者，我们都可以把他们称作行吟诗人，而到了“雅”“颂”，已经登堂入室，“喤喤厥声，肃雍和鸣”了。

文化界有一个称谓——“桂林作家群”，指的是抗日战争期间，中国国土大面积沦陷，大批作家文人不得不离开家园，流亡到桂林，从而形成的作家群。作为抗日战争时期中国文化人的聚集地，桂林成为当时中国文学的中心。当年中国最具影响力的一代作家，大都来过桂林。但这本诗集没有叫“桂林行吟诗选”，是因为漓江更是一个文化范畴，更具开放性，也更包容。本来滚滚漓江之水，也不拘于一沟一渠。所以在选诗的时候，除了桂林及广西地面的诗人，我还选了一些域外诗人的佳作，使这本诗集能够成为今年诗坛上的一本佳选。为了这个目的，我在遴选的时候，确实苛刻了一些。我已经很多年没有动过别人的诗了，一旦给了点小小的权力，马上变得一本正经起来。但在这里，确实要感谢桂林诗人刘春兄，他用很短的时间就征集来了一百多位诗人的数百篇作品，没有这个数量，我很难保证这个集子的水准。我要在一堆石头里把宝石挑出来，即使都是宝石，也有品级之分。还要感谢广西师大出版社的编辑白灵姑娘，她不厌其烦地协助我，做了所有具体的工作，而且还给了我很好的建议。她是这个诗选的责任编辑，如果这个选集做得成功，我和广西师大出版社就还有机会合作，我还会请她做我的责编。

邹　进

2015年4月21日

目录

阿华

给我的女友拉姆

我这里的春天，仿佛是一间花房

桃花红艳，海棠怒放
梨花开在半空中，风又吹熄了
一盏灯

而拉姆，你被我梦见
你被我梦见，又离开。你放下书卷的地方
春天已经隐去

——拉姆，最近我老是梦见你
这让我感到温暖

谢谢你让我在一根火柴里
看见了更多的光亮

谢谢你肯在冬天，和我一起抱雪取暖
一筐雪融化了，我们又背第二筐

拉姆，这样最好！既然相遇了
就相伴着走一场

——不要心急如焚

骑绿色邮车的送信人

骑绿色邮车的送信人，你路过了
乡村的小路，也穿过了城市的街道
你是否感到了疲惫

你停下来的时候，是否也抬头
看了看天空，天空里除了偶尔飞过的鸟群
是不是什么也没有

骑绿色邮车的送信人
天就要凉下来了，在红河广场
让我们赌一赌彼此的明天吧

我赌云朵不会为我停下来
你赌鸟会归巢，人的悲伤有安慰

骑绿色邮车的送信人
为什么有人住在荒野，却眼神清澈
为什么有人华服玉食，心里却怀揣着叵测

骑绿色邮车的送信人
你一定能看透我的心
——我只想培养一个理想，和陌生人
谈一场恋爱

风会知道，我也有优雅的好奇心
迷人的孤独感……

骑绿色邮车的送信人
大地上就快要春天了，为什么我的心里
却满是绝望

你看，你看，一只小小的虫子
缓缓爬过二月的窗台，外面细细的一层薄雪
就要将它覆盖

白鹤林

我在寒风中跑

我在寒风中跑，因为没有感觉
我跑得很快，路过了前面更冷的风和人
我跑的时候，没有感觉到寒风也在跑
我甚至没有感觉到
我在寒风中跑

我在南方的某个小镇上跑
在一条坑坑洼洼的土公路上跑
在一支“云烟”的弧线上跑
在回家或离家的方向上跑
在感冒、头痛、鼻塞和轻度的咳嗽上跑
在冬天肮脏的尾巴后面跑
在一首交响曲的主旋律上跑
在荒原中最残酷的月份前跑
在里尔克孤独的日规和落叶上跑
在不合时的思想上跑

我在寒风中跑，因为没有感觉
我不知道路过了多少词语、石头和时代
我跨过了一些，另一些绕过去
我回头看见他们在往回跑
像寻找多年的死亡

我没有跑，只是在寒风中感觉

飞行诗

在秋天去旅行，适宜轻装一人
因为飞翔有精密的高度
而清瘦之躯，刚好淡薄如

缥缈云层。当我打开内心的羽翼
像打开刊载乘机安全说明的
DM 单，九月的雨水正在途经

飞机椭圆形的侧窗，低调、舒缓而密集
带来远方宴会的序曲。幸好
我没有携带忧伤，和书籍上路

可以故作潇洒，伴着一路的“摇滚”
在九千米高空，我终于听见
天使的“歌唱”——那金钱般美妙的

女中音，已混杂多少国际化的乡情？
“快乐的时光总是如此短暂……”
黑夜的旅程啊！此去一千八百里

我还未用上，三太子的风火轮
和美猴王的筋斗云，甚至还没有
打上一个美美的瞌睡，去梦想一下

那在水一方的“佳人”，就已在那
零点的彩虹之端，如约碰面
客居他乡的朋友，和素昧平生的诗人

八两

挽留一轮圆月

立秋时节
早醒是一件多么幸福的事情
这时候　空气凉爽
街上的路灯还亮着
窗外　不断送来蛙鸣
天上　有月亮　也有星星

我独自一人坐在家中
痴迷地凝望着
一抹投射到客厅的月光
像是和久违的朋友对话

这时候　我是多么幸福！
我可以什么都不想
就这样静静地坐着
也可以阅读一些优美的文字

这时　我甚至是自私的
我试图挽留天上那一轮圆月
我宁愿白天来得再晚些
让劳累的人多一些睡眠
让爱诗的人
多一些安宁

白月

月　亮

我永远得不到的一根骨头
我体内一直缺少的一根骨头

幽默的黑夜
嘲笑我的空洞：可以安置一所教堂

我心不跟任何人开玩笑
她披黑纱，像一个修女走过

在深夜的长廊里
我去倒最后的垃圾：此时。如果

快乐并不想留下什么
我突然感到世界很干净。绝望那样干净

废墟之上

我爱这旧址比新居更甚
我爱乱草的折腰比白云的高挑更甚

我爱玻璃碎片比海平面更甚
我爱这深深嵌进脚印的淤泥比花岗岩更甚

我爱上了欲说还休的窗户
蜘蛛终于有恃无恐

我爱朽木回归尘埃的义无反顾。看见蚂蚁
我不再心慌
劳动者在哪里都是劳动者

我的观察还可以再低下去
我爱这些瓦砾下的虫子
心是放大镜，我看见它们大过了我
但天还是由我顶着

我爱我赤裸的双足，踏在红砖上
火焰抚摸着脚心。我爱这冰冷的红

我爱这彻底的冷漠和放弃
再也没有重建的可能
国有圆明园，我有无名的废墟

陈代云

秋天的畅想

清晨，我用古老的穿墙术
游走在群山的稻田之间
采集谷物淡淡的光芒
妻子却用金黄的稻草编织寒衣
在秋风里，我们不说一句话

我们不把心事付与秋风
不措一辞，不着一字。而后
妻子从闷热的河边捡回盛夏
盛夏多令人怀念啊，淡雅的长裙
也无法说尽她优雅的体态

那时候，妻子总是将晚餐做成垂柳
儿女们坐享其间，却牢骚满腹
我默默地看着他们
看他们脸上终于泛起了绿意盎然的波浪
像电视里响起欢乐的歌

歌声里，老教授耍出了青龙偃月刀
我却只能在逼仄的书房里写谋略
写那些在阴险的山中埋伏着的精兵
我写他们寂寞的黄脸孔，一张复一张
直到它们逐渐萎缩、卷曲
最后变成了树林中飘飞的落叶

陈群洲

爱你的方式

最后，我决定用漫长的一生一世
来证明我渺小得如同尘埃的爱
尘埃般的爱里，有露珠的光芒，小小的疼痛
我无法送你跑车和整个花园的玫瑰
但我会穿越风雨守候在你可能出现的路旁
会数着日月星辰等待你每一个姗姗来迟的生日
会以内心微弱的火焰悄悄照亮你
这样的方式是过于单薄了些
但燃烧的激情会消散，不过一瞬
太阳升起又落下，不过一日
枝头上的叶子从嫩绿到枯黄，不过一春
我的爱四季常在。现在和未来一样
不管你在意与否，接受与否
五谷杂粮会老去。誓词和栀子花会老去
你我也都会慢慢老去。有如黄昏终将到来
夜幕降临之时，美貌的你将满脸皱纹，步履蹒跚
而你朴素的名字，笑声，比蜜还甜的容颜
你最初让我见到的单纯而羞涩的样子
会永远年轻。长生不老地灿烂在我春潮奔涌的梦里
春过去了。秋过去了。我的爱还在疯长
直至有一天，想你想不动了
你发梢上淡淡的香还会在我的周身弥漫

川子

当春天来临

当春天来临
我看见　一朵桃花盛开
沉睡了一冬的绿
经不住风的挑逗
遍野撒欢奔跑

当春天来临
我听见　一声布谷鸟啁啾
吹响了集体出工的哨子
亿万副犁铧翻耕
定格成壮丽的风景

是啊
当春天已经来临
感受太阳那娇美的姿势
我缄默的情怀
怎能不会想起
与春相约的重要事情

董成琪

外　婆

放下手中的镰刀，锄头
用一个温暖的午后代替沉默

冬日里的阳光很美
你开始注意到日常生活中的美，生命的细节，缓冲的画面
开始发现山的形状，河的形状，路的形状
你开始注意到这些
而不是汗水，油渍，粮食短缺

停下匆匆赶往七月份的脚步
从玉米地和花生地里走出来
从一天的日头里的热浪中走出来
扔掉草帽，粘满泥的鞋子
褪去皱纹，手背的茧和老年斑
回到你的十八岁
像所有未婚的年轻姑娘

今日你不必关心庄稼，晒出去的谷物
不必关心气候变化，嗜赌如命的儿子，和牲口
放下一个忙碌疲劳的自己
用一个温暖的午后代替此刻的沉默
冬日里的阳光很美
你回到十八岁
像所有未婚的年轻姑娘

娘

囊括一个词的所有含义
今日，再一次以太阳之名，拥抱我
“娘”，由赤道延伸到南北两极，再深入你的每一条经纬
它异常繁茂，如同森林茂盛，如同草原广袤无边
天空每孕育一只鸟，都更蓝一点
你孕育我，更接近一根细长的白发
当我熟悉一个称谓，并且日夜牢记于心
大海，从古至今不断地包容和接纳
一个又一个以海为生的渔民
比地球的直径和圆周还要长
“娘”，由赤道通往南北两极，再深入你的每一条经纬
但它的经纬里没有沙漠，没有冰川，没有裸露的岩石，也没有水土流失
你生下我，并且赐予我双倍的五官，手和脚
然而我嘴边常念叨的词，生活清苦，异常艰难
容许我的泪水，每想你一次就决堤一次
你本身远远大于一个称谓
无需验证，也没有人配验证你

我的姓氏中有你

从列祖列宗的灵位上再一次活过来，跟随我云游四方
伸入脉搏，心脏，伸入每一条经脉，指纹
多少次，笔头生出黄昏，生出姓氏，生出一把铁犁
离开家乡之后，我常常登高望远
每写一横一竖，我就想起，你犁地的时候
也是一横一竖
它常常力透纸背，但远不如你犁在额上的那道沟壑深
在你足下的土地上学会爬行，如鱼的鳞片贴紧河水
在你足下的土地上学会爬行，并且第一次尝试站立
二十多年之后，你身体就多了几条支流
它们在村口开始分岔，渐渐肢解你为数不多的源头
二十多年之后的今天，你仍旧抽烟，手拿匠刀，被称
　作酒鬼
我的姓氏，生前它高于我
死后也必将高于一块墓碑

东涯

就在这里

那么，就让我们在这里住下来吧
以石为墙，结庐而居
在屋顶的斜坡栽植海草，把爱情
印在古朴的窗棂。从此
做个内心温暖的人，西院种菜
屋北汲水，让吱吱嘎嘎的轱辘
转出甜蜜的声音

你看，我们前世穿过的鞋子
在乡舍浅黄的光晕下
站成寂寞的样子。我们要穿上它
在宽敞的宅院走一走

还要在锦绣的搭床上躺一躺
说永远爱，带着月华的光芒
我要为你生一双儿女，把日子过得
有滋有味。夜幕低垂时
我们手牵着手
走过有海浪歌唱的林荫路

就在这里了，亲爱的
在海岛上，在空气中飘满红醋栗
和覆盆子气息的时刻
我们安顿下来，安顿下来

惊　蛰

这是革命的开始：新秩序正在建立。
春雷始鸣，草木初芽
差别的思想决定妥协的幅度。

而警醒，不只针对地下的蛰伏者——
从海岸到内心，潮声
雄浑阔达。这个时节，需要用海浪的节奏
从时光中脱胎换骨。

必定，有些事物正在消亡：
幽暗的自闭者。
虚张声势的牺牲品。
纠结于陈年旧事的八脚蛸
关于覆水难收的体验。

谁没有珍爱的时光，珍爱过的人？
谁没有剜心刮骨地失去过？
海贝遗失的珍珠像证词
不足以讨伐海洋——
你可以用悲观主义解构生活，但没必要
活得比江湖混乱。

一切都将重新开始。这个时候
谈谈幸福并不奢侈：

春风路。
糖果衫。
春雷萌动的惊喜。
日落后的安静。以及，日出时的绝望。

献　歌

现在，我们可以光明地相对
我已腾空体内褪色的丝绸、沙砾和乌云
沉重的粢臼卸在来时的路上
你可以安静地住进来，打开窗子
迎接晨曦和鸟鸣
芨芨草在风中眨着眼睛
它和我们一样
有足够的耐心等候花开
来吧，我的爱
让我们在寂静的冬天唱一首歌
献给大地上的流浪者、老人和孩子
献给太平洋的海水、船只
葬身海底的生命
献给落日，献给旗帜，献给
折戟沉沙的心灵。也献给你，我的爱
时光如流水，不舍昼夜
我们什么也没失去，只有拥有

邓叶艳

从一场秋风中想到一些事情

如果这样
我愿意在暖风乍起时
从一场春雨的细节中
探出头来

有花的呓语跌落梦里
鸟鸣高一声低一声
打湿了晨昏
抬起头
桃红已远　秋风又近
站在时光的彼岸
沉寂的心事一再浮出水面
簌簌的节奏成了我坦然等待的归期

我还是决定投向你
不因霞光消退
只为与这场秋风邂逅后的一往情深

莫要问这故事还有没有结尾
那是无关紧要的事情
有　很好
没有　也行

法卡山

夏　日

橙黄的阳光，拂过辽阔的田野
像一束束稻子。七月的风，走进山村
寂静，被锐利的镰刀沙沙地收割。父亲
躬身于蔚蓝的天穹与祖传的水田间，露出
一顶破旧草帽，一点点地挪移。卑微而渺小
如同一只蚂蚁

我记得那些夏天，日头茫茫。七月的风
擦拭着父亲古铜的肌肤，叮叮当当。祖父
躺在竹靠椅上，咳嗽，断断续续……
像虫在咀嚼线装书。那些茫茫的
日子，被喑哑的蝉鸣濡湿

保家楼

我确信所有的村庄都是有灵魂的
康熙四十七年，保家楼拔地而起
白昼簇拥着袅袅炊烟在鸡鸣犬吠中生长
黑夜依偎着朗朗书声在青灯黄卷中取暖
那些贫瘠的岁月，他们侈谈安邦定国平天下
他们的心脏与村庄一起搏动。他们知道
穿越时光的暗门，最温暖的光芒是瓦檐下的家：
青石小巷，雕花窗，大红灯笼映照着
“古今忠孝门第，世代耕读人家”。星光下
祖父担水而归，水桶中的月亮
依然美丽。唢呐声中的爱情早已如霜
白茫茫，一望无垠

怎样抵达故乡的银杏林

为了描写故乡宝盖，翻阅族谱是无用的
写故乡的银杏，搜索百度亦是徒劳无功的
因为太多的人物和形容词穿梭在文字的空域
修饰的结果只能背离本真，伤害意义
就如天天写情诗的人，是因为他无法抵达爱情的臂弯

银杏，我们叫作白果
在抵达秋天之前，它有着绿盈盈的鸭掌形叶片
露珠在晨光中滚动，犹如闪光的音乐
或者说，像唢呐吹奏的乡野之恋
俗点说，像出嫁女羞涩的泪珠
为找出一个最恰当的比喻
我一次又一次拜访山野的白果林
而我只能将它理解为一种植物——银杏
我想，我终其一生都无法穿越万有引力
与形容词的阻碍，抵达名词背后的本质

很快，秋天来了
我感觉银杏这个词语开始轻灵
它在风中荡漾，翩翩起舞，像黄蝴蝶
风覆盖我，我触摸到那长满皱纹的果实
像苦楝果，或者说像祖母饱经风霜的脸颊
我搓洗掉腐朽的果皮，里面是坚硬的核，白色的
像一颗埋藏久远的珍珠。《本草纲目》记载：

银杏具有温肺、益气、定喘嗽、缩小便、止白浊之功效

但它终其一生，繁茂也罢，凋零也罢
最终，淡然若素地在秋风中
捧出一枚枚苦涩的果子
这让我想起了诗人杜甫。如今
太多形容词饱满、盛气凌人的诗篇
站在天穹之上指手画脚，但与大地无关
如果某天，你来到我的故乡，用镜头、画笔来描绘
这浩淼无边的黄金盛宴。我只想告诉你：
那在阳光下晃荡的果子叫白果
像走失的童年——苦涩，疼痛，但美好

冯立民

在一页纸的厚度里

你一转身
便是杨柳依依，千山万水
便是在尘埃里
低得更低

起初，平凉城的凉
仅在我的眼角
后来，就一下子凉到了
我的心底

你身后的平凉城
变成了一座空城
你身后的金城
暗成了黄河边上的
一块石头

这么多年，其实我
没去过平凉
也未到过金城
只是和你隔着一页纸
相互用诗歌照亮
只是想在一页纸的厚度里
倾尽漫长的一生

高寒

致某人

多年以后，或许你还是一个人
我们走在林荫道上，
时间拨掉我们的青春
容颜是衰老的，灰色的云朵

也曾经轰轰烈烈地爱着春天，
如同我爱着你一样
夜莺依旧含情脉脉地歌唱，一如从前
依偎冬日的黄昏

或许多年以后你已经生儿养女
而我还是一如既往地浪迹天涯
就像白云在天空中
忽而飘起忽而飘落

然而，遇见你却是无比温暖的幸福
我庆幸在短暂的青春相遇
那鲜活的阳光会汹涌而来
过去的日子总在远方咆哮

我不祈求在这里与你不期而遇

我不祈求
在这里与你不期而遇
让我支离破碎的记忆回去
那个分别的地方
秘密地思念着你
一无所见
让我的吻借风的嘴巴
传达给你讯息：
回首不见来时路，匆匆别去。

我不祈求
在这里与你不期而遇
让我的甜言蜜语随风飘去
你所居住的城市
别离我太过遥远
沉默如初
风不也是沉默着的吗？
让我告诉你：
我要在这里守望，一如既往。

葛筱强

写给父亲的信

父亲，面对远山我总想说点什么
窗外大雪漫天
你是否像平常一样
为了明年有限的收成
依旧执着地背起柳条筐
在我遮住双眼的一瞬
走向村中的窄窄土路
五十九岁，像黄昏时分
突然降临的雪花
刹那间染白你风中的鬓发

父亲，雪停了
月亮升起来了
而我忧伤的目光总是不能
穿透重重夜幕
看不见你梦一样的烟灰里
我的童年在你有力的掌心跳舞
当我含泪说出这些
父亲，你就像一只斑头老雁
躲在灯光的角落里
落满尘埃的身影
仿佛就是无法言说的孤独

有风在吹

我的外祖父苏洪福，生于民国
长于战乱，一生都在革命家们变幻
不定的口号中做陇亩民
二〇〇四年初春，他无疾而终，享年
九十一岁。倒退二十年以前
他常在盛夏的屋檐下挥动
手中蒲扇，为我风干脸上因奔跑
而乱窜的汗珠。二〇〇四年的夏天
以及之后的所有的夏天，他都一个人
悄无声息地躲在黄土里乘凉
不再过问我劳碌其间的人世冷暖
但每次我在燥热依旧的旗下
出汗，总觉得自己的脸上
仍有风在吹

送友人艾蒿之白城

我们都有难言之苦：
挣扎于被戏弄的命运；
我们也都心怀企冀，在一生的
雪花里望穿黎明。
枯寂的时候，你可描摹车窗外
忽高忽低的树枝。
你瞧，在手机铃声的反面
我的面孔落下来
像这个漫长的世界
颠簸时需要一支镇静剂

黄芳

悼　词

从明天开始
做一个幸福的人

但一场雨中的葬礼正在进行
鸣叫了几个晚上的乌鸦
从树上跳入灌木丛
并巧妙地把翅膀收到腹部
“上帝的袍子是什么颜色？”
队列沉重、缓慢
栅栏被绕过了
小水洼被绕过了
除了微微晃动的黑雨伞
看不到一张确切的悲伤的脸
“上帝的袍子是一种隐喻。”
黑衣人走过来
摘下白花，念出悼词——

从明天开始
做一个幸福的人

那　么

微风吹过远处那片树林时
神的灰袍鼓了起来
那么，让我们来谈谈吧
谈谈是什么毁掉了她的心和眼
她曾经恣意的笑
在哪一个突兀的时分永远停滞
是什么毁掉了她的健忘症
那么多往事
她并不愿意一一记起
来谈谈吧
我们都见证过一个夜晚
狂风暴雨只是象征
核心是
她是其中的一部分
她晃动着白衣
所有灯火瞬间熄灭
——那么
谈谈吧
为什么她要在黑暗的悬崖边
练习平衡术
她梦中的无望奔跑
有没有尽头
现在，远处那片树林正吹起微风
那么来吧

把神的灰袍披上
我们来谈谈她吧

在另一个年代
——致艾迪特·索德格朗

透过你又大又灰的眼睛
我看见满载军队和难民的火车
穿过另一个年代的铁轨
你在乡间别墅里咳嗽
老式罩衫晃动时，你的孤单
被嘲笑
你写诗，抛弃格律和韵脚
它们像不守妇道的女人
被嘲笑
在另一个年代
我和你一起失眠，困顿
带着结核病
寻找国籍和自由
最后，时光停在
摇摇欲坠的乡间别墅
死神和不曾存在的上帝握手言和
黑暗中
你眼睛又大又灰，一直
在微笑

悲　伤

那个黄昏她记得清楚
漓江大桥上
暮色越来越深
她走得越来越慢
一个男子停在路中
对于往前还是后退
似乎有些犹疑
他两次掏出手机又放回
是否要打一个电话
似乎也有些犹疑
走过他身边时，随风带起的那阵气息
让她想起某个午后
那时大雨刚停，一个身影
刚刚离开
——那时，悲伤刚刚开始
她回过头，想对他说
你的马丁靴很好看
这时街灯依次亮起
她看到他仓促垂下的脸
有泪水就要掉落

想　起

第三人称是个秘密
想起离开墓地时
枝丫突然在空中晃动
噢，太阳突然很好
想起跟守墓人挥手告别
他脱下帽子，微微地弯腰
咬着他裤管的小狗
毛发黑亮，尾巴
越摇越快
她越走越远，墓地
落在后面
——天堂或地狱
门前都有台阶
想起那些灌木，松柏
枝桠上的乌鸦
14 岁男孩的墓碑上
有一行小楷：宝贝
在这等着妈妈
噢，特别乖

何吉发

清明祭父书

你走的时候，没有任何预兆
桃花还像往年一样，在春风的怀抱里
笑得热烈。当我们赶回老家
你躺在地上，眼里的春天倾斜
我把你抱在怀里，你的身体
仿佛垂柳一般柔软，我千呼万唤
你只是睁睁眼，嘴唇蠕动了一下
生命的春天就永远被关在门外

把你埋在山坡，阳光
把桃花的眼睛，擦得
通红。从此，我们只能隔着
厚厚的黄土说话，这样的方式
一晃几年过去了，我的日子依旧
拮据，不能为你买贵重的祭品
甚至连一块碑也没为你竖

你活着的时候，你我的生活
都艰难，你已年过花甲
还要到外地打工，受了气
也不敢告诉我们，想想
作为子女，我们不能让你
颐养天年，真是天大的不孝啊

你走后，我独自闯荡江湖
世态炎凉，我常常为暗箭所伤
老实人的善良和努力，为这个社会
唾弃，虽然时常头破血流
我问心无愧，对尘世
依然满怀感恩，爱该爱的事
敬仰该敬仰的人

明天就是清明节了，我想你
身边草木茂盛，遮不住
我心上的一滴泪。如果有来世
我们继续为父子，好好活
好好过，即使生活还像现在一样窘迫
也绝不会改变做人的本色

霍俊明

绿色普通快车

绿色普通快车已经驶出京郊
劣等车厢的旅客疲倦而健康
粗大的指节敲打油腻腻的桌角
哐当作响的车窗摇晃秋天的早上

细弱的庄稼，高大的白杨
乡间那些幼小的动物蜷缩
秋阳的立体画在车窗上闪亮
马车缓缓行驶在大片的葡萄园

秋风中那个女人路边站立
早晨的阴影里有成片的墓群
尘埃里是干化的浆果和霉味的落叶
夏天充满盐碱味的叹息还在继续

黄跃平

早　春

枝蔓似乎还枕着干枯沉睡
内心的导火索却已迫不及待
绿色的光焰好像随手便可擦亮
谁先拥有这丁点的暖意
谁就是随之而来的大绿的王

披上新毛的公狗从老街散步归来
它们躲进废弃的榨油坊练习一种姿态
膨胀的欲望正行走于草长鸢飞的边缘

干瘦的河床沉寂如初
她一直在空旷的骨架上延展虚浮
相伴几棵要死不活的红柳
像被年光遗弃的荡妇。随后的日子
除了污废，它将带走这座城市许多不为人知的肮脏

诗人在理论工厂的流水线走了一圈
收获到丁点不便公示的企约和一截行将发霉的腊肠
他要抓取这难得的初春的阳光
翻晒一下道德遗书，顺便
给那些从旧诗集中爬出的虫子
取上一个新鲜的名字

泥泞中尚有来不及打扫的喜庆

这些淡红的鞭炮碎屑
刚接收到来自南方的第一绺乡愁

香溪，桃林，坚持静默的古村落
开始准备向阳的语录
被欲火烧焦的地球
又开始明亮，丰沛，渐暖

与云书

想与你讲一讲
用一个男人有点发霉的阴郁
讲一讲
那段曾被蒙蔽的光亮
当时你以一把散发的姿态
风卷了我最后的希望
一同被淹没的还有一条小河吧
还有被露水打湿的大豆高粱吧
看看这点失恋的破事
要损耗掉多少酒精和词汇
可是我还是想告诉你
你滑过月亮的一瞬间
我内心所承受的巨大的黑暗
你浓烈的撞击，烈火样
冲破我冰冷的灵魂
引发成一场铺天盖地的大雨
要是再年轻些，作为诗人
我会把它们比喻成一场无边的眼泪
我还想与你讲一讲
之后我被云影笼罩的生活
游荡的青春无处驻足的痛楚
还有对世界的那些糟糕的判断
这是多年后的另一个夜晚
有云彩、月亮，小嫦娥小脸通红

还有它们相遇时留给大地的巨大阴影
我就有了想讲一讲的冲动
就像当年那些青涩的表白
和在乌云掩盖下的颤栗

姜桦

爱着你不曾被别人爱过的部分

我爱你——仅仅为了爱上
你不曾被别人爱过的部分
我特意避开你流水丰盈的少女时代
直接爱上了你的中年——
眼角的鱼尾纹、初生的白头发
东郊的枫树林，一道泉水轻轻弯向安静的谷底
一轮月亮，鹅黄着，慢慢移过
你干净而疲惫的脸庞，路边的野苜蓿
遮掩你那渐渐干涩的嘴唇

爱你不再苗条的腰肢
爱你渐渐慢下的脚步
爱你坐在临街的椅子上那一串长长的哈欠
靠着我，你很快就安静地睡着了
星星，一盏盏纸灯笼
晃动你颈项的一粒黑痣

真庆幸这样的时候还能遇见并且爱上了你
你青春的歌谣不再，你艾怨的少女梦渐远
我，像爱一个少女般爱着你接下来的时光
一棵树，粗砺的树皮直达树梢
我爱上的最末端，是它生命最新鲜的部分

爱！从现在开始，还会有整整三十年

三十年——十年，读书，写字，接吻
十年，牵手，散步，说梦，还有十年
我们就这样，依偎着，头靠着头
在对往昔的怀念中，同时发现——

两颗风干的种子，就这样
星星一样，漂移，坠落……

姜红伟

全中国最疼爱我的那个老头擅自走了

那是一个猝不及防的早晨
一阵撕心裂肺的手机铃声
呜呜咽咽地跑来告诉我：
全中国最疼爱你的那个老头走了

全中国最疼爱我的那个老头突然走了
就是那个经常把已经四十四岁的我
还看成四岁孩子的老头
就是那个经常把我这个老儿子
还当成宝贝疙瘩的那个老头
走了

全中国最疼爱我的那个老头走了啊
他是擅自走的
走的时候
连一声招呼都没有和我打
连一句遗嘱都没有给我留
就私自走了
既没有经过我们的口头允许
也没有通过我们的书面批准

全中国最疼爱我的那个老头啊　擅自走了
像他这种擅离职守的行为
决不能姑息迁就

等我在梦中有机会见到他
我一定要毫不留情地　狠狠地批评他
如此目无组织
如此目无纪律
如此目无儿女们的悲伤
就离开了自己的岗位

而且　我还要对他严重警告
警告他下次有机会做我父亲的时候
必须做到我同意他离开为止
否则
我将严厉追究他的责任

全中国最疼爱我的那个老头啊　擅自走了
像他这种渎职行为
必须给予严肃处理
鉴于他是初次犯这种错误
就给他一个轻轻的处分吧
处分他下辈子还收我做他的儿子
处分他下辈子还做我的父亲

全中国　不　是全世界
最疼爱我的那个老头啊　擅自走了
这一天，是父亲节

蒋淑玉

在秋天的岸边

秋天来了
还有多少诗意可以寻觅
蝉声一片片地凋零
枯萎的荷花
来不及张扬的风情

你说中秋节也是中年节
从春华到秋实，从少年到中年
从昨天到明天，从心到心
这其中的路有多远？

我在苇草萋萋的河边徘徊又徘徊
你在高山之巅把酒临风
看我憔悴的模样
漓江的水瘦了
而山依旧葱茏
我要等多久才能等到那一场
覆盖心灵的大雪？

蒹葭苍苍　道阻且长
我是《诗经》里不曾长大的女子
在蓝天之上，在千万年之后的漓水之滨
痴痴地守候
而你则是看破红尘的范蠡

任凭我把手中的横笛吹成血色梅花
依然听不见我的呼唤

十六的月亮照下来
我的心长满了青苔

刘春

兴　安

我要说的兴安，不在北国
没有“岭”作为后缀
前边也无所谓“大”或“小”
她就是一个地名，在祖国西南
安安静静，清清爽爽，不卑不亢
高处是一条河流的源头
在峰顶，可以想象神仙如何手搭凉篷
俯瞰大好河山
低处是水，是秦朝的鬼斧神工
是湘，是漓，是千百万生灵的福祇
两千多年了，她经历过无数辉煌
喜悦和苦痛
但她不说，就那样静静地站着
在西南一隅，在大地之上
像我热爱的诗歌，从来不在高处欢呼
也从不在低处哀号
每一笔每一画，都是对兴盛的向往
安乐的渴望，以及不露痕迹的
赞美

一个俗人的早晨

从树林边走过。在清晨
我听到树木在交谈，它们的呼吸
轻柔恬淡，如果是冬天，我会幻想那是它们身上
飘落的白色羽毛
而这是五月，天气状况已允许市民穿着单衣
我因此有了闲情
我原以为它们是一个群体
靠一些理想、一些谎言相互取暖
而雾气中，轮廓逐渐清晰
最后，我看到它们的样子：清瘦、独立
仙风道骨

一个俗人无权在这个纯洁的早晨说话
像山里的孩子看到狐仙
发不出一丝声响
有时候，我也会学着树木的模样
静静站立，想成为自己
而大地看出了的破绽——
只需一点压力，我的腰身就会不由自主地弯曲
只需一点诱惑，我的体内就会伸出无数只手指

灵渠一夜

我曾多次来到这里，看这条河流
没有理由，也从不预先规划
如同爱情，有时出于寂寞，有时故意为之
有时仅仅出于偶然
我不关心她从何处来，要往何处去
会不会迷路、后悔，甚至哭泣

通常，我会在她身边停留一晚
枕着涛声，躁动的心会稍稍安静
思绪回溯两千年：有人笙歌菸舞，有人起义
有人一本正经建筑国家的堤坝，将苦水盛进
良心的杯盏。这样，即使在梦中
心也醒着，也能找到命运的划痕

现在是深秋，我再次与她邂逅
她似乎老了，身体瘦得要飞，不再饱含汁液
浅浅的一泊，像天使的泪滴
干净，纯洁而孤独
河滩上无数的砖石芒草，像无数条皱纹
嶙嶙峋峋描绘大地的图景

或许这是我的幻觉？——她从未流动过
从未向东移动，从未分岔
高迈的心，与银河平行

我有着与她同样的梦想——
不喧哗、不盲从，记录感激、欢乐、悲伤
以及被时代的大海遗忘的部分。

在莲花山偶遇命运

记得来时是有雾气的
我们说着昨夜的米酒，说着今天的股市
一些快乐和忧愁在身边环绕

然后，我们说到未来
说到年老的时候结伴来这里养老
身边就有了阳光和风声

雾气中，我看不到山的奇异
另一个峰头仿佛距我百里之遥
而你伸出手，说：这里

我不知道你是谁
我在山上走着，身边是大朵和刘频
不远处是陈代云和荣斌

很明显你不是他们
你不是我的朋友，但比朋友更近
你一伸手就挠痒了我的灵魂

过索桥，拐一道弯，在小亭子边
看老人卖药，听瑶女唱歌
他们争相合影，而你不见了

现在我已登到高处，看清万物
我仍不知你是谁
为什么会一直跟着我

站成一棵树，或者成为一朵云
都不重要，重要的是心里有莲花
重要的是：身在莲花山。

冷风

我关心的那些人

像一个英国老太太的样子
在这个早晨　享受阳光的时候
必须要有一杯咖啡
如此　才算开始
谁会这么一大早就来电话
那个关心我的人　我告诉她
刚刚忙完，准备睡了
对的，我的回忆刚刚结束

有很多的时候　我不关心自己
我关心的那些人
他们从来就没有关心过自己
他们一代代地将悲戚传递　从幼年时
不好好弹钢琴　不好好挣钱
将来会是什么样子
我在地铁站看到他们时，他们没有开心的
样子　他们忙碌得没有表情
看不到他们哭看不到笑

每一个总要等将来
可将来会是什么样子
我说了声：爱你！她哭了
她是幸福的，可我
关心的那些人啊，他们过不好当下

他们忘了阳光，忘了明媚
丢了自己，或许就从来没有自己
他们是我，也是你

老飞鱼

绿皮火车

我想要一列绿皮火车，属于我们的绿皮火车
我要它载着棕熊，灰狼，天鹅，鼹鼠，老虎和狗
我们的绿皮火车是一座飞奔的动物园
我要它载着塔松，水杉，白杨，香樟，狗尾巴和草木芙蓉
我们的绿皮火车是一片广阔的大森林
我要它载着楚辞，汉赋，唐诗，宋词，元曲，明清小说和市井小报
我们的绿皮火车是一个移动的图书馆
我要它载着赤橙黄绿青蓝紫，和一小片画布的天空
我们的绿皮火车是一间色彩流动的绘画间
我还要它载着春天，是的，只有春天
我们的绿皮火车应该是一个恒温的季节
我们就这么任性，对吧？
我想要一列绿皮火车，属于我们的绿皮火车
太阳是它的列车长，月亮是它的信号灯
而闪耀的星群，是它温暖疲惫的窗户
在那里，跳动着我们有些惊喜，有些恐惧
有些希望，有些彷徨，有些用旧了的心脏

刘发扬

初冬的旅行

出南宁，向东，向北
有风雨，列车在奔跑
两旁的田野，初见冬的荒凉
间或有白墙灰瓦的农舍
在雨中，有炊烟缭绕
鸡鸣声狗叫声是听不见的
我仿佛听见，妈妈的喊声
温暖，在初冬，在雨天
在乡村的农舍前后
再向前，是桂林，那个叫家的地方
仍然是风，仍然是雨
只是肯定没有鸡鸣狗叫
妈妈的喊声在远方
与炊烟一起飘荡
冬天的桂林城中，有一间房子
温暖着
我的渴望

林虹

屋顶的月光

几杯杨梅酒之后
我们躺在院子的竹椅上
谈论一天的收成
或者午睡后看的一本书
一个微妙的感觉
彼此突然的感悟……
我们总有说不完的话题

那时
山风微凉
松木的味道让人陶醉
露水也还未开始降落
素白的月光将院子照亮
你抚着我的头
一下一下，轻轻的
轻轻的

或者什么都不说
秋虫呢喃，那么细微
我们听得一清二楚
屋顶的月光
正撒在阁楼的竹席上
这么安静，这么好
可以这么的靠近你

陆辉艳

发　言

那些枝蔓一直延伸到了屋顶
最后遮蔽了天空
我走进亚麻地。我看见了褐色的麻花
印在我的粗布纱上。在十一月的露水中
灰色田鼠叼去了我的清晨

但我只告诉你生活的冰山一角
我嫌自己表达得足够多
而侵犯你的想象
如果我曾经喋喋不休
请原谅，那是我遭遇了低谷
一旦我走出这片荒地
我对生活的发言，将惜字如金

离离

祭父帖

最近我很难过，唯一能想到的亲人就是你
可你在深土里，那年我们一起动手把你埋了，
我很后悔。现在。
也许你试过很多种方式，想重新活过来。
要是选择植物，你一定能高出自己大半截了。
可你坟头的草，长高的那些都被村里的傻子割了。
我刚刚从田边走过，每年的庄稼哥哥都收了，
他说你也不在其中。

如果，你选择的是昆虫，我不知道
你会喜欢哪种昆虫的名字。
那时候家里飞进一只七星瓢虫，你会马上捉给我看，
就在你的手心里，红色的身子上有黑斑点。
现在我的左手手心里捧着一只，貌似多年前的那只。

我右手的食指正要轻轻地碰碰那只觅食的蚂蚁，它真瘦。
我反复寻找它的骨头，突然就触到你的。
已经不能再瘦了，那些骨头。乱了。散了。
十一年间，我是没有父亲的孩子，但想象过
很多种骨头排列的形状，即你的样子。
原谅我，父亲。

也许就是这只蚂蚁和它的同伙

动过他们，改变了原来的你。
之前每次来看你，妈妈说少在你坟前放食物，
怕招来虫子。也许就是这个道理。
怕它们吃着我留给你的食物，
闻着气息，就找到下面的你。
可我每次都没听她的话，也许我真的会
害了你，我可怜的父亲。

这一年我过得并不好，就加倍地想你。
有时在夜里哭醒，睁着眼睛看看
窗帘上的月光，想你若是光，飞来。
你可以上到天堂（是我的所愿），
也可以回到人间（是我所等的）。
光穿不透的地方，再不要去了，
比如地下。我再也不会借着土的力量，
把我们分开。

碎了的一只杯子

那晚我在地板上捡了很多
碎玻璃。我捡起了过世的父亲
和孤独的母亲
那晚夜深人静的时候，我捡起了
自己一张挂满泪水的脸
我也捡到孩子梦中的脸
他喃喃说了一句话，他究竟说了什么

我捡到的羽毛
鸟儿是一年前死的
我捡到的地名，是老家的
是一个原来叫芦漪滩的村子，据说是因为很多芦苇
可我捡到的芦苇，却已枯了很多年
后来我们都叫她陆义村或者六一村

我捡到的雨
被风带到西北就停了
我捡到被我过得不成样的生活
割破了我的手
那晚湿漉漉的我在地板上，一双惊惶无措的眼睛
一直无处安放

刘清泉

可能 85：为什么

为什么只有在夜间才能看到你，我的妈妈？
通过一个女人的身体，她说和你一样的方言
你有和她一样洁白的乳房。她高挺着
炽热有如岩浆，抚摩我，把冰冷的世界融化了
而你的垂吊着，像两支干瘪的丝瓜
妈妈，只有在这时，我才能看到你
幽怨的眼神，花白的乱发，核桃壳似的脸
手裂开长长的口子，旧棉袄缀满补丁……
我看见你的肌肤折起深深的皱，沟壑从胸部
一直挖到趾间，迟缓着。而她，自由流淌
如光滑的丝绸，欢快的小鸟，柔嫩的花骨朵
与我合为一体。在云端，在波峰
每一次翻转，都有轻微的悸动和持久的空白
为什么你会出现在她身上，妈妈？
为什么她有你的全部，你却藏身一个角落？
你离开我时，她正从遥远的他乡走近我
带着你的爱，你的意志，欲望的深井
来打探我，满足我，思念我
只有在夜间，我才能看到你，然后抱住她
我用满眼的泪花看见，用全身的力气去想：
妈妈，为什么你是一个女人？
妈妈，为什么你不是她？！

可能 57：在一起

在一起。你在一起，我在一起
我和你在一起。月白风清，山高水长
心跳和呼吸在一起
咖啡和茶在一起，镜头和摄影包在一起
奔跑和慢走在一起。昼夜在一起
头在一起，小动作在一起，硬笔画
和拓蓝纸在一起……
窗外有热浪，浪在一起
阑干蒙烟雨，烟在一起
我和你，在一起；时光和车轮在一起
沧海和蓝天在一起。梦在一起，
梦和非梦在一起；老在一起，老和不老
在一起。是的，是的，就是这样——
心有余而力不足，在一起；
我爱你，恨在一起；
你恨我，爱在一起；
死，与非命，在一起

吕小春秋

一封写给明月的信

写一封信
用我珍藏了半生的浅蓝信笺，纯蓝墨水
和抽屉里那支古旧又簇新的钢笔
首先写下你的名字，遥远且温暖
接着是流逝的
昔日荣光，衰败和梦里温顺的村庄，旧水车和老水牛

山中老虎河里鱼，它们还在生病吗
你怀抱树枝的姐姐，是否还在月光下清扫门庭
你浣纱洗麻的母亲，体健康安吧
而你是否还在星期六的红房子写诗
和穷人的女儿，把充满荆棘的日子过得风生水起？

多么遗憾啊，我也是穷人的女儿，会采桑养蚕，月下
　捣衣
却不能先她认识你
遇你
该在唐朝
在水乡的江南，在山雀子一声两声的欢叫里

写到这里
我心怀隐忍，藏起更多温暖美好的名词动词形容词
藏起
一朵葵花对云端的无限向往
最后写下明月的地址

致——

我爱的可能不是你，而是
你陈旧的水笔涌出新鲜的词汇
我想念的可能不是你，而是
你诗歌里一些温暖的句子
我在你的花园里不停地徘徊
等的可能不是你，而是
与你有着相同品质的兄弟姐妹
我一再书写草原，落日，月亮的美
可能不是为了让你诗歌里的词汇
爱上我诗歌里的词汇，而是
使庸常的日子更像一首诗
我在阳光下低头，流泪，你怎么也劝不住
可能不是因为你随口的一句话，而是
卑微的小草和拐弯的河套
还有人不断践踏和乱扔石块

李小建

早安，阳朔

现在，海变得遥远如幼时字迹
只在我冥想时才感受到它的存在。
早安，阳朔，一个冬日的清晨
无比宁静，冰寒的气流在高处流动。

山的心脏泊在水上，水鸟伸来白色听筒
我在你的体内游走，认清所有道路才知
往日走过的全是迷途。时间的果肉腐烂
我如果核滚落，从归鸟的口中。

早安，阳朔。白色气体在瓷器表面
轻弹开。一只松鼠在过冬。那雾气
越过山涧将水面指认，我是我往日的碎片
皆不成形状。如今，送炭的人来了

在果核中火焰蹬开内壁爬升
如音乐自山水中升起，如蓝自布中印染
如朝霞自天际铺展，如一个人重获记忆
在每一个新鲜如返乡的清晨。早安，阳朔

一个人的虚弱已像一滴露水不可触碰
此刻，听见蜂鸣我瞬间流出自己的身体。

怀念我死去的弟弟，他是个溺水的孩子

我们在水里放置镜子，让水看见水。
此刻我们召唤水妖、精灵和溺水的孩子
在清晨的薄雾中，在早夭者的灵堂里，在大理石上安坐。
谛听水的声音。我们打开发黄的圣书，空气在我们身后流动。
花卉走向坟墓，火焰中升腾起洁白的鸽子。
翻到第九百九十九页，我们在空白处写下：
“往事如流水。”

养蜂手记　九

薄如水片的削蜜刀也不能
系着竹篾的摇蜜机也不能
冷杉蜂箱，储蜜桶，蓝边瓷碗
喷雾器，春天里的金色蜂房都不能

将我带向你。我看见阳光
在水渍里躲闪，蜜蜂从花蕊间坠落
那幸福瞬间，涌上喉咙的话
却发现身边少了一个人。

听奶奶说，你走的那天
撑着久病的身子走到屋外
走进蜂房看看蜜蜂
走进园子看看蔬菜，看看
近处的池塘，远处的青山以及
雾霭中的庙宇。空空的院落里
孩子们都不在家。

仿佛准备一次远行。你收起旧蚊帐
将不用的药瓶和未用的药瓶分开
折叠好衣物，再安静地睡去。
没有留下只言片语。

我们在堂屋里挂起遗照。

各自生活。身边的灰尘懒于擦拭。
静坐时也忘了呼吸。某天看见
一只蜜蜂叮在那片玻璃上，
像新长出的肉瘤，像欲坠的糖浆。
像来自遥远的音信。

蓝向前

一季油桐

使我惊讶的不是春天的愿望有多么辽阔
满眼的素白覆盖言语底色的同时覆盖你的脸色
经过这一地落花总会遭遇我的人生关键词
比如青春，羞涩和想起又会忘记的某个青春少女
关乎风，云，雨，雪，埋藏在树下的泪
我当时不想拿出闪电，只是一直在敲着爱情的边鼓
如果这时你也感到悲伤了，请回到那时的单人照
我按着快门的手一直都舍不得就这么放开

明天，邀你一起去看桃花

明天，约你去看桃花
这样的邀请，草木生香
桃花是春天送给我们的诱惑
它和我们的爱情相依为命
让看见你内心的人，心生媚态
然后把两个人的世界过成世外桃源
我要制作一张雅致的邀请函
镶有桃花的神韵
以一片桃林做背景
让你无法拒绝
我应该虚设这样的细节
烟雨朦胧得像国画里的淡墨
泥土酥软得像情人的怀抱
我们飞鸟入林
桃花在枝头上披着春风
飘洒一朵朵花瓣
一朵桃花的笑魅
就已经让我们丢弃了舟车劳顿
何况溪水流云边
挤着那么多那么多的桃花姐妹
她们在等着我们来
交换彼此内心的春天

李跃平

真正的爱都藏得很深

妻子探亲的日子，我想起一只
归巢的鸟，从故乡飞来
停落在最敏感的痛处
怀念失散多年的爱情，渴望
把内心的秘密都说出来

早年写给你的那首情诗《雨中》
属于我一个人的文学史
不可复制的初恋被诗意暖热

相亲相爱，我们在做爱的喘息中
感谢爱情的恩泽，有哪一个名词
比爱情更富有生命的热度

我吻你的姿势还是和从前一样
我的天空变得如此辽阔

逆风而开

挤尽可怜的水分，想象春天
已经凋谢，逆风而开的一株野花
穿过思维定式，像素面的女子
把忧伤拒之门外

剪裁过春风的身子，踮起脚步
那些低而单纯的愿望
忘记了时光的伤害，无为的样子
呈现一种不动声色的诱人之美

一株野花赶走时间面前的孤独
就这样开在今生和来世的故乡
开在一片辽阔的废墟上
成为春天最后的替身

记忆中的一株野花，平静的生活
让我从今以后不再以貌取人

千里之外

陌生的城市，老家在很老的地方
一些潮湿的梦让我感觉疼痛
孤独容易让人想念家，想念
新媳妇暧昧的目光

离别的苦楚，现实是那么现实
回家的每一条道路，只有在梦中
慢慢地靠近它，所有朴素的愿望
与我的怀念极其相似

唯有摆正心态，我始终
没有说出剩余的思想
当路边的脚步踩痛自己的影子
我习惯把头转向朝家的方向

学会急功近利，习惯知足而乐
用多情熬药，在梦中狠狠地爱你

李忠

秋日桂江

独坐桂江边。远处有夕阳
听江水像身旁的几片叶子
在秋天掉落
到冬天就将只剩下孤寂
一年就这么走了
一生也就将这么走了

与树木为伍
与天空为伍
江水就是江水
包括在这个秋日
都没有任何别的含义
它沿着江畔盘旋了一会儿
我无法准确判断
它来自身后的哪一个方向

桂江水是不经过忧伤的
我在江边静坐
这是一种很平常的选择
江水展现在面前
江面成了一大块空空的巢

目送江水幽然流去。我明白
这个世界很大

我听到另外一股江水
正穿过我的身体
而我依然独坐江边
等待一阵幻想已久的桨声

麦秸

今夜，我在异乡醒来

今夜，我在异乡醒来
想起浑浑噩噩的白天
那个叫辜负了的时光，已经转身
翻起的台历，不知道翻去了多少天

高于黑夜的理想，注定与孤独为伍
一切的迎来送往，都低至生活
所有的平行之中，皆为虚妄
我开始检举，对着夜幕

台灯下的冷板凳，许久不见主人
电脑前的花卉，少了先前的绿意
坐不住的，轻浮在冷笑
凋谢掉的，只看到昨天的怒放

今夜，我学会审视
检举那些惴惴不安的血液
那无数的“小”的堆积
拖延，惰性，止步于字面的自满

为你们祈祷，我的朋友
为所有与之交集的名姓
曾经碰撞的火花，在闪光下
一些已经走远，一些还在途中

思绪开始凌乱，在纷飞中
在湮灭下，在咳嗽里
在酒杯上，我检举另一个自己
我辜负了所有，站在不远处的眼睛

在我的江湖里，所需要的，
就是把辜负了的年华追回
就是要与异乡的夜一同爬起
在明天的行走中，开怀长笑

今夜，我在异乡醒来
这里也是故乡，不再空茫
去，捡拾遗落在路面的柴火
继续燃烧，或者歌唱

莫雅平

也许我只是业余地活着

太阳每天准时把世界照亮
那是一个很专业的太阳
我只有下班后才想起该去看看太阳
只有晚上才有空想象自己是一朵玫瑰
我只是一朵业余的玫瑰

父母一辈子都在为我操心
他们是很专业的父母
而我只能把过年的部分时间献给他们
只能用不多的一点钱表达部分的孝心
我只是一个业余的儿子

领导每次说的话都很重要
他们是很专业的领导
而我只有在家里说话才颇具分量
只有为孩子安排娱乐才显示出领导才能
我只是一个业余领导人

一株苹果树奉献了所有的果实
那是一株很专业的苹果树
而我只是把收入的一部分纳税给国家
我只享有纳税人的部分权利
我只是一个业余纳税人

舌头不能辨别白酒的好坏
我只是一个业余酒客
对单位领导的专横一声不吭
我只是业余爱正义
只有酒后说话才像一个国王
我只是业余很高贵

本想一加一等于二似的做人
但太多情况是一加一不等于二
我的数学是业余水平
我的情商是业余水平
我拉关系是业余水平
甚至谈恋爱都是业余水平
业余业余业余

也许我只是业余地活着
像一朵业余的玫瑰

七勺

母亲的日出与日落

傍晚，被风吹乱的头发
飘散在黄昏
日头一日日投下长长的影子
伸到木门深处
淡蓝色的炊烟
拉着纷乱的鸟翅散去了
穿过小径回家的小孩
将在黄昏聚拢
跟着影子爬到母亲怀里

清晨，水边捣衣的木槌
举起又落下
日头没有升起
月光照着水边的人
淙淙的流水如她的笑脸
长着皱纹，留着
亲吻幼儿的温暖
这样一个水边的人
在水边清洗尿布和哭声
在水边唤醒黎明
那些黎明
我们穿上后再也脱不下来

清明辞

春天是像雪一样降落在我面前的
融化的是你留在我额头的温暖

你塞给我的钞票早已用完了
留给你的面汤依然摆在那个夜晚
那一次你出门就忘记回来

坟墓只不过是土的另一种形式
却年年骗走蓄满整个清明的雨水

草长熟了，指环般套住头颅
要把你的嘴从坟墓中举起
嘱咐我把艾叶挂到门角上
这时，总是桃花太破碎
杜鹃哭得像个鬼

春耕了——
田间回荡一声吆喝
像是说“不哭”，又像是“布谷”
柔风中饥饿的鬼魂安静下来

晚归时我回想着，问着
“黎明的启明星在暮天中叫什么呀？”
“翻查祖上的黄历

那是黄昏的长庚啊——”你说。

我又一次看向你站过的地方
那儿已经生长荒草
留下枕过牛郎织女和小红帽的膝盖
白鸟依旧穿过清明和春天

我看见你一次次带回往日的时光
它们在遗忘和泪水之前
我看见你依旧站在黄昏的门槛看我
采摘梨花、菜花，还有被蜜蜂蜇红的脸蛋

你一日日长成少年，长成祖父，
长成往日，长成未到来的日子。

四月的纪念

我从不知道是陕西还是河南
一样的是中原的声音
长安抑或洛阳，不同的仅是画在地图上的经度
挺拔的白杨树一样银白、喧响

和某个遥远的女孩一样，在四月里
我不能拥有一座山庄，一个早晨和桃花开放

我曾看到过毫无遮拦的辽阔的夜空
被一双手拥抱
也同样被命运笼罩
我无法言说落日坐在白杨树梢的寒冷悲凉

月升的温暖，海棠的凋落
这些春天的事物使我沉默
我们的祖先背诵过明月
月光同样抚摸我们咿呀学语的童年

白杨树沙沙摇曳的日子，我曾坐在门口
看父亲顶着草帽走在路上寻找母亲
还有衰老的祖父在牛羊归栏的时刻
追赶一车黄花，望着爱情走远

四月，我有太多说不出的言语

在甲天下的山水桂林城
我又一次无言面对北方
凄凉缠绵的楚地九歌唱着，徘徊着

在光阴里仿佛鹧鸪的啼叫
——不如归去——

思不群

姑苏慢

当我说“慢——”
西园寺的梅花
正开到一半
阿爹噼啪的落子声
呆住了
梅娘的兰花指稍一犹疑
柔软的水袖就顺势
流泻在洇湿的青石板上
在腾起的水气中遁化远去
而桥下咿呀的小木船
正用纤指荡开縠纹
让一晃一晃的前世今生
被一坛水稳稳地端住

师飞

旅 行

这是无数次里的第一次，我感激自己的灵魂
它亲吻我，满含时间的角质
我记得欢乐的时光，疼痛也没远去
他们簇拥我前行，穿过乌鞘岭，到达河西
我初识戈壁但并未抵达天山
故乡绵亘在浩瀚的沙石上，祖国以蒙古为界
我在父亲的日记里见到巴丹吉林，它散落在一堆人名
　中间
比墨水还蓝。这些年我只反复记得昨天
不新鲜，也不消逝
我从未到达海洋，也为残缺的四肢倍感羞愧
我借站立得到了远方，却因没有尾鳍而失去了世界
我爱并恨着同样的事物，它们有时是古老的词语
有时是南方的梦。它们是从前和未来的我
孤独，却与众生的脚步一致

生　日

当我听到别人的抱怨时，你坐在我童年的床上
仿佛要回到长安。当我回应这抱怨
你坐在我异乡的冬天，仿佛要找到母亲
父亲，你坐在梦里。醒着，咳着，翻一本经书
父亲，你爱我的时候戴着一双红手套
一只手伸到我的腰下，摸出了生日和疼痛
那时，我是一枚在哭声中掉落的精致的零件
附满了时间的灵感和幻想

行 吟

倏忽，无常
所有的短都在前生醒着
而绝世依然是你我
父亲奔走着，呼唤爱
呼唤情人和马匹
何年何月的相逢才能让山水陷入画
何年何月的洪水才能让从前的苦难和以后的迷失
都和高原的种子一样回到与雪平行的地方

蛊惑让我孤独，流亡让我安宁
我哭是因为情人苍老
我笑是因为马匹开始说谎

霜扣儿

世上只有一场大雪

大雪落魄。冬天的脸上，大雪比我的故乡浓重
我堆起，埋没，我从季节的枝条上被打掉

不能测量天的高度
这时候我想不出白马从哪里来
大道从南到北，从西到东
处处缰绳，处处边塞，大雪的光是刀光
切下的时间是白的
我被消耗，世上只有一场大雪
每一个细节都是通道——我混进故乡
背离的爱
无法移动的爱
这场大雪在僵硬中舞蹈，我呆得越久
就越不会哭
我已经不会哭了，我的故乡
还在大雪的远处

我想到离别的当年，想到
人世骨血的奇异与残酷
在冬天的脸上，我设想自己是一只无比卑微的蚂蚁
摸索命运的歧途
我渴望我的爱是一粒坚强的微光
一枚不太高的月亮
她以象形之意抱起我

听到我说
我爱！我爱啊
——可是我回不去了

一个人拥抱天空

从心灵的最深处出发　面向天空
面向所有的陌生世界　探寻与叩问
将生命拆分为多个时间段来运行　没有目标
也没有可以依赖的人　独自站在峰巅
云层下的奔跑　使众多的生命
露出最后的苍白　牙齿也在露出

睡梦中我忽然惊起　三闾大夫无限
热爱的黑马闯入梦中　只需片刻
便说出了永远的秘密　主人是被乱棍
活活打死后抛入汨罗江的　凶手没有人看见
现场留下的痕迹很少　一只狐狸穿着
狼的鞋子　在羊群里走来走去
笑的时候　尖牙露出　还会有美妙的
传说　顺着悠扬的埙声看过去
两行鸿雁飞过　在天空中开成花朵

五柳先生很窘迫　南山下总有他
恣肆四海　踏浪飞舟的身影
古典的彩虹　勇敢地横跨在江面上
没有一个勇士敢从桥下走过
尖刻的咒语正在撕扯着无辜的行人
撑开油纸伞只为遮挡天空落下的小雨
而飞溅的恶语最怕

安淮寺的佛香　冥冥之中的自说自话
轻易穿透千层底的布鞋
将凶恶的毒箭拒绝在危险之外

大唐是谁都绕不过去的丰碑
来来往往　日日夜夜　各式人等都会
留下画像　留下精彩的诗句
天空的湛蓝让最强大的王朝
变得没有了色彩　仿佛流动的
云与如云的战马都无法表述诗人的心境
只有一双眼睛犀利无比　看透了
大纛降下　看穿了变幻服饰和乐声
天空在召唤　天空在召唤

东坡让我无语　易安让我无语
元美让我无语　纳兰让我无语
适时建立起不可撼动的精神长城
将诗歌磨出宝剑的锋利
割下一片天空来　赠给渴望爱情的人
母亲教唱的儿歌　正从脑后升起
一点一点地逼近守灵人　我知道
最后的曙色会在哪里出现　天空下
不死的灵魂　会从我的诗行里走出
让一切光芒都暗淡下去

我知道　埋葬我的石头在那里
刻上我的名字　刻上我的墓志铭
然后消失　我的天空不再平静
大雨和暴风雪一起高唱着

走向妩媚的日子里　我的天空
不会因我的拥抱而失去美丽
失去一个作为男人的权利

三色堇

要用多大的力气

要用多大的力气
才能将春色铺满天边
涨潮的黎明，退潮的黄昏
虽然短暂，却需要经过一生

那些令人伤感的绽放
最好不要碰触
我不想它像缠绵的迟暮那样死去
他们知道如何吹奏号角
知道如何珍惜一切凋残的东西

让我放下修辞的
是这些令人心碎的春光
从远到近，从冷到暖，从光辉的脸上泄露了自己
多少人在其中体会了傲然的炯灼与一滴清露的惊颤

我们习惯了这些俯瞰着的美德
它会重新浮出地面
用无限蓬勃着的力量

行囊里的查拉斯图拉

我不是持镜的孩子
没有诗人蓬勃的激情，隐喻与辩论
你可以大笑，笑我的偏执，焦虑，木讷
不愿被人提醒——

我至今没有找到“寂静的山城”
与紫色的晨光
那溢满了的杯，隐遁着，流淌着上帝的福音
你一次次从我的行囊里窥视人间的冷暖
那循声而来的，不是雪的消息
不是被一场大雨洗礼的国家

那些渴望到达彼岸的箭是多么的危险
危险的还有，没有羊群的牧人
没有流水的河床，没有森林的山谷，被巨蟚吞噬的歧途

哦，查拉斯图拉——
你能给人类以教诲吗？
你能让着火的石头不再生出诳语吗？
和解吧
将腐烂的，或新鲜的忧伤与你一起跨入众神之门

田湘

雪　人

一个人老去的方式很简单
就像站在雪中，瞬间便满头白发

没想到镜子里，有一天也下起了大雪
再也找不到往昔的模样

可我不忍老去，一直站在原地等你，
我固执地等，傻傻地等
不知不觉已变成雪人

我因此也有了一颗冷酷而坚硬的心
除了你，哪怕是上帝的眼泪
也不能将我融化

唐小米

一条铁路穿过县城

我也想这样躺着，穿过一个人的身体
也想像铁一样坚硬，不因为他疼而柔软
我想路过却不说出终点和起点
只想留下些眺望，不是全部惦念
我也想带走他深处的灰和煤，黑色的沉重的灼热的
用它们在废墟上又盖起一座城市
也想那样心跳
在现实中发出咣当咣当的声音
让他玻璃上的灰尘跳舞，吵醒他
或者在某个夜晚成为了他梦的一部分
我也想露出肋骨让他抚摸，那么硬的骨头
因他的弧度而弯曲
当他把脸贴在我的肋骨上倾听
故乡的车轮咬着异乡的铁，仿佛轰隆隆的春雷
我想他会一跃而起，成为春天的火车头
我想他变大，胖一些，让我穿过 960 万平方公里的肥沃
我也想他变小，只是一个小个子
我想成为他的破绽，他手臂上一道儿轻微的划痕

文群

花

在枝叶上开了又谢了
不开不谢时结成蒂上的果
蝶来蜂去带走我的礼物

我谢了以为那是死了
从来没有见过果实
也会掉落地上

蕊长身起 迎暖风
看阳光北迁　在三月里张开
若一页信纸缓缓烧着

满坡火苗跳动　风若手指抚过
刹那间生生灭灭无争无妍
如实的生命静静开放

少　年

他在天桥
九月来来往往
车变成红线隐没黑暗
母亲很远　在做晚饭
给异乡人
在日子尽头
让他牵肠挂肚

入夜他写墓志铭
“某个同样的夜晚
有个人掉在地上”
夜深　他用脚试了试深浅
夜有些凉　他走进去
没有回头
他掉进了自己的梦里

沉默潜入了石头

谛听　谛听
百脚虫翻越门槛
草芽在后院顶破了外衣
一颗露水在晨光里照亮薄雾
沉默潜入了石头
当蚯蚓惊醒泥土
土地、河流、春树、季风
悄悄被时间锁住

美是错觉掉落
在死亡里的阵阵颤栗
万物在空中生灭
遗下人不知所终
我想知道你在哪里
不再虚幻存在
不再迷失在物质里
花费一生时间

那是自然馈赠
迄今最为昂贵的饰品
拴在临终的脚上
让你听到沉默的方向
是终点开始的地方
别忘了下车

那是念的实相
石头里回响的墓志铭

琬琦

向日葵

这些盛产文字的花盘
这些沉甸甸的人类文字
这些被和盘托出的最后种籽
尚未有人读懂

这些向日葵在阳光下
灿烂。融化。温暖
是天堂敞开了怀抱
伟大的灵魂蜷曲在一排排格子里
更接近汉字——
我倾听着，整个人世就显得空瘪

这些纯朴而热烈的向日葵
纵横交错的文字构建成大厦
而大厦将倾
我们终将践踏那脆薄的壳
那被人丢弃的黄金花瓣
那青枝绿叶

呵，我想得太远
其实这不过是风景区里的向日葵
黄昏时分也会坠下头去，假装很有思想
我们面面相觑
谁也不道破谁的秘密

湘雯

涠洲岛印象

你的存在，我才能用一生的时间
写这片海，柔软的沙滩
让自己落入深情的怀抱
凌乱的脚步踩着满地的月光

浪花一朵追赶着一朵
贝壳的抒情，部分记忆
已不能呈现，亿年前喷发的激情
像波浪，散落下的尖叫
穿透地心，将蔚蓝击碎
来回不停地锤炼敲打
最初的隐痛及最终的美艳

你呼之欲出，脱尽羞涩
起伏的优美线条或急促的心跳
脱离了时光约束
与海的对话
过去和现在，热烈与相依
海鸟缥缈的啼鸣
被海风远远地传送
鱼虾土著，潜入花朵的珊瑚
闪烁，跳跃所有的梦境

想起多年前，月色朦胧

站在你面前，坐在日子深处
海风的手指滑过
我生命的白天与长夜
文字与文字的纠缠
在经历苍茫之后
仙人掌花开依旧，月亮湾凝语
五彩滩被切割的疼痛
呐喊，隐去欲望的碎片

穿过喧哗，思念的固执
闭上了眼睛
你惊人的美，就能百无禁忌
闯进梦里，触及大海送给我的
澎湃，和它漫长悠远的痕迹
把我的灵魂在瞬间掠走

许雪萍

秋天的旷野

瘦骨嶙峋的父亲，躺在秋天的旷野里
在地衣和草须的包裹中，在冷霜覆盖的落叶下
如同，还未出生的婴儿
因此，我想
每一朵风中的花，每一棵风中的树
都有可能，是我的父亲

在秋天，当我一个人，小小心翼翼地穿过旷野，张开
　慈爱的眼睛
深深地凝视每一朵花，每一棵树
甚至那一群群自芦苇丛中飞起的鸥鸟
当它们扑扇着，张开飞翔的翅膀，消失在远方时
也许，就是驮着我目盲的父亲去远行

田坎上，石堆中，喇叭花那么的幽蓝，那么的深邃
当我蹲下来，忘情地和它轻声交谈
我就沿着阳光的手指，抵达了黑暗的中心
当我含着热泪，像一棵金色的合欢树
沉稳地站在荒草和废墟中，我就在万物中
准确地找到了父亲的位置
当我终于懂得，在寒风中，在旷野里温暖地呼吸时
我就接通了，父亲从另外一个世界
传递而来的信心和勇气

杨康

每个村庄都有一个好听的名字

比如父亲现在居住的地方
叫胡家窑。每个月
他要去存钱的地方，叫下堡
刚发生一次矿难的村子
是昔吉堡。去找老乡喝酒
他可以乘车去西程庄，也可以走路
翻过上坞头去樱桃沟

父亲先后分别在部落，石相
和半沟干活。偶尔
放映露天电影的地方，叫安家岭
几个捡拾核桃的煤矿工
被当地人从角盘撵到西沟
拖欠工资的村子，我们可以叫它
桃树原。上厕所收费的地方是西榆苑
陕南人大都集中在赵家庄
瓦斯较重的地方是官岭
在这里，每个村庄都有一个
好听的名字，就像这里的每个坟头
都有一块像样的墓碑

掌子面的移动

双膝跪地，低头弯腰。头顶
一盏矿灯发出的光，似乎要吞噬所有
煤层的黑。比朝圣的信徒
还要虔诚，他们在矿井里始终保持
同一种姿势，也有人把这种姿势
保持了一生

掌子面向前移动的速度
等于膝盖向前挪动，也等于
一个煤矿工呼吸和心跳的速度
有时会心跳微弱，呼吸急促
掌子面的移动速度慢下来
他们的生活也得随之慢下来

在胡家窑许许多多的小煤窑
每一个矿井里的矿工，都拼命开凿
铁与铁碰撞，坚硬与坚硬相互撞击
有时他们直接从身体里取出骨头
支撑拱顶面，边墙面
以配合掌子面继续向前移动

周统宽

背父出山

父亲背过我多少次我已记不清楚
但我只背过父亲一次
父亲躺在红红的寿木里
众乡亲用金带将寿木勒紧
一阵起杠炮响起
我反扣着双手将父亲的寿木背到背上
背出堂屋
背出村口
将父亲放在一副架子上扎好
随后众乡亲掰开我紧抓寿木的手
在一阵“琅珰呜”的呼喊声中起高杠
像父亲当年的游击队员一样
迅速占领了东山岗
我坐在原地
等待着回来的乡亲告诉我一声
“埋好了”
我起身
背后留下一道空空的压痕
真的好痛好沉